KB120729

청미 처방전

시작시인선 0284 청미 처방전

1판 1쇄 펴낸날 2018년 12월 29일
1판 2쇄 펴낸날 2019년 2월 18일
지은이 김청미
펴낸이 이재무
책임편집 박은정
편집디자인 민성돈, 장덕진
펴낸곳 (주)천년의시작
등록번호 제301-2012-033호
등록일자 2006년 1월 10일
주소 (03132) 서울시 종로구 삼일대로32길 36 운현신화타워 502호
전화 02-723-8668
팩스 02-723-8630
홈페이지 www.poempoem.com
이메일 poemsijak@hanmail.net

ISBN 978-89-6021-410-1 04810
     978-89-6021-069-1 04810(세트)

값 9,000원

＊이 책은 문화체육관광부, 전라남도, (재)전라남도문화관광재단의 후원을 받아 출간되었
 습니다.

청미 처방전

김청미

천년의 시작

시인의 말

시를 쓰고 순천작가회의 식구가 되면서

시인이 아닌 적도 없었지만, 시인인 적도 없었던 것 같다.

내가 할 수 있는 것들에 최선을 다해 살아왔으나

한 줄의 이력도 붙일 수 없는 지나온 세월 같은

나의 시를 가여운 마음으로 들여다본다.

누구나 이해할 수 있는,

적어도 두 딸이 고개 끄덕여 주는 시를 쓰고 싶었는데

세상에 내어놓기 부끄러울 뿐이다.

이 마음 달래려고 무언가에 미친 듯이 몰두해야 할 것 같다.

그때, 시인으로 불릴 수 있다면 좋겠다.

차 례

시인의 말

제1부 주머니가 된 여자

길은 발밑부터 시작이다

초원으로 가리라
풀들이 밟히고 꺾일 때마다
메뚜기처럼 튀어 오르는 향기 찾아가리라
초록이 깊어 꽃 피고 열매 열리는 지평선 쫓아가면
아우성처럼 일어나 회오리처럼 감겨 오는 소리
풀 깃을 뛰어다니는 날개 부딪는 소리
서로의 몸 포개어 사랑 나누는 소리
이파리 갉으며 배 채우는 소리
귀 뚫고 몸 뚫고 들어와 하나의 소리되어
오히려 고요해지는 그곳

나의 길은 세상의 하류에 멈춰 서있다
오래오래 후회된 가지 않은 길
슬픔에 가려 아무것도 볼 수 없었던 길
어디로 가야 할지 몰라 멈춰 선 길
길은 눈물 속에서도 눈부시고 가슴 뛰게 하기에
가리라 푸른 고요 속 나를 세우고
마음의 소리 따라 걸음 옮기는
그곳, 길이 없어 어디든 길이 되는
한 걸음 한 걸음 꾹꾹 밟고 지나가면
새로운 길이 되리라

사진을 찍고 싶다

—기다려본 적 있는가
그것은, 얼마나 큰 가슴 떨림인지

너무 빨라도 느려도 안 되는 빛의 방
각도에 따라 다르게 보이는 빛을 찍고 싶다면
순간보다 짧게 열고
부족하면 조리개를 열고 기다려야 한다
기다려도 빛이 모이지 않으면
플래시를 터트리고,
플래시를 터트릴 때도 서두를 필요는 없다
강물의 반짝임, 꽃들의 재잘거림, 이슬의 눈동자는
제비가 물을 차고 오르듯
순간 포착으로 볼 수 있는 빛의 요술
그러나 나를 조심하라
새털보다도 가벼이 흔들리는 마음이라면
시커먼 어둠이나 아무것도 찍히지 않는
물거품이다

실업, 그 이후

뇌출혈로 쓰러지고 말았다
오대양 육대주처럼 마음 넓은 사람
옹기종기 모여 하릴없이 시간을 쪼개는 노인정에
막걸리와 안주 듬뿍 안고 가
크윽 소리 크게 내며 마시기도 하고
막걸리 저었던 손가락 쪽쪽 빨면서
허물없는 마음 열어 대접할 줄도 알았다
월드컵 축구 열리던 해에는
대형 스크린을 사와 밤마다 동네잔치 하며
덩실덩실 어깨춤 추던 흥이 넘치던 사람

잘나가던 중국의 공장이 무너지면서
쇠꼬챙이처럼 쉽게 달궈진 신경
술병 깨는 것은 예사였고
밥상을 뒤엎고 고래고래 울부짖었다
그런 날이면 급히 청심환 사러 오는 아내
애끓는 위로에도 다스려지지 않는 울화가
기어이 그를 덮쳤다

주머니가 된 여자

　사내 꼽재기 남자의 욕지거리가 전화기 밖으로 고래고래 튀어나온다. 얼굴색 하나 변하지 않는 여자가 고래고래 소리가시 몸으로 받으며 침묵의 댓글만 다는데, 남자의 소리 오히려 살아 문밖까지 튕긴다. 걷어채고 굴리고 밟아도 터지지 않았던 주머니, 마을에 돼지 잡는 날이면 다투어 욕심내던 오줌보같이 질기디질겨진 주머니 속에는 이미 갖가지 지정된 머리말이 채워져 불뚝불뚝 튀어나오고 있다. 전화기 밖으로 뛰쳐나온 파닥파닥한 말, 몽니와 트적질 번득이는 말을 밀어 넣는 손끝이 떨린다. 사랑이라 믿었던 것들이 사산된 비린내 속에서 숨이라도 쉬려고 스스로 마음을 박음질하며 날카로운 말을 넣고 재웠으리라. 꿈의 퍼즐 밤새워 맞추어보았을 손끝 방전되기 전 전지처럼 파르르 떨리다 잦아진다. 지청구 장난꾸러기 말이 뽀골뽀골 삭아지는 소리, 모서리 닳아져 곰삭는 소리, 뭉툭한 신음.

도둑고양이

회색 솜털에 먼지 뭉텅뭉텅 달고 달리던 고양이 한 마리 음식물 더미에 코를 박고 있다. 야행성 나뭇잎 몇 개가 소곤거릴 뿐, 고요마저 잠든 시간. 야릇한 달빛이 기어 나오자 게으르고 빈둥대던 갈기가 날카롭게 경계심을 세우고 있다. 하릴없이 거리만 허정허정 배회하던 맨발의 고양이, 새끼 밴 너를 걷어차 길거리로 내몬 우리는 더는 친절하고 자비로운 목소리로 이름 부르지 않는다. 내 것을 훔쳐 쏜살같이 달아나는 너는 도둑. 떼 지어 몰려다니며 호시탐탐 밥그릇을 노리는 너를 향해 갈고리와 채찍을 던지지만 슬퍼 말아라. 길들여진다는 것은 내가 아님을 인정하는 것, 더 빠르고 쉬운 길을 찾아 머리를 조아리는 우리는 이미 밥을 위해 양심을 흥정하고 동료도 사랑도 기꺼이 팔아 상품으로 전락한 지 오래.

활처럼 당겨진 너의 공격은 꿈의 질량만큼 빠르다. 무게 없는 바람과 햇살을 밟던 발톱으로 먹이를 낚아채며 당당하게 길을 찾아가는 너는 전사. 너의 발톱은 비로소 잃었던 야생의 날카로움에 번득인다.

숨바꼭질

할머니 젖무덤 같은 우물가
곰보딱지 양철 두레박을 눕혀 올려도
물 한 모금 시원케 길어 올리지 못했지만
때 낀 아이들 소리로 동네는 언제나 참방참방

혼자 우는 전봇대 뒤에 술래 된 친구
아궁이 속 감자처럼 까맣게 그을려
건성으로 무궁화꽃을 피우고

담배 이파리 목을 매단 건조실
물에 데친 호박잎처럼 늘어진 어머니가
산그늘에 묻힌 허리를 일으켜 세우면
하나둘 마을 밝히는 불빛

돌각담 너머 환한 알전구 주위로
잿빛 나방 떼 날아드는 저녁 무렵까지
아무도 찾지 못한 술래
혼자서 달빛에 밀려 빠져나갔다

홀몸 노인

벽에 걸린 자잘한 장식품마저
그림자만 남기고 떠나갈 때
진드기처럼 붙어살던 숨결도 떠나갔다
머리카락과 뒹굴던 땀방울의 짭조름함
웃음과 노래 속에서 파닥이던 온기 사라지자
집은 숨기고 있던 상처를 드러냈다
창문은 뒤틀리며 마른기침을 해댔다
어둠과 습기가 올려놓은 곰팡이 흙벽 밑으로
말라 비틀린 각질들 징얼징얼 떨어지고
탈모된 지붕 사이로 시든 빛줄기 내려오는데
먼산바라기 눈의 노인
마음은 몇 년째 밖에서 서성이고 있다
차곡차곡 쌓아놓은 쓰레기 더미처럼
하늘 향해 뻗어가는 기다림 무너질까
바람도 숨죽여 비켜 간다

정전

육지로 걸어가기엔 너무 먼 이곳은
궁창穹蒼 가까이 매달린 아파트
다리를 대신하던 초고속 엘리베이터가 멈추고
강력한 흡입력으로 무엇이든 끌고 오던 텔레비전
혀끝으로 녹아드는 달콤한 향기와 현란한 소리
금방 달궈진 뜨끈한 소식 감감하다

지구 밖이라도 상관하지 않았나
별과 별이 교신하는 작은 반짝임이라도
스위치만 누르면 금방 분석하는 컴퓨터
내 몸도 깜짝할 사이 산산이 이동하면
화성이든 금성이든
재결합된 나를 만날 수 있을 거라는
환상의 수신 부호 끊어졌다

그물망처럼 엉켜있는 전선은 집의 혈관
전기가 나가자 피가 돌지 않는 집은
한 발짝도 나설 수 없는 감옥
전기에 사육되는 줄도 모르는
겉똑똑이 짐승은 뇌사 중

꿈이 사라진 빈집

깨진 옹기 조각 위에도 자라나고
봉숭아 연한 꽃줄기 딛고 올라온 풀은
점령군처럼 거칠게 땅덩이를 넓혀 갔다
소곤소곤 피어나던 작은 꽃잎
까칠한 입술이 외등 아래 흐느껴 울고
머리 풀린 담쟁이넝쿨이 구시렁거리며 담을 넘었다
찢긴 흔적, 손때 묻은 시간이
거미줄에 걸려 추억을 되새김하고
삭은 기둥 흔들릴 때마다 꽁무니 이은
불개미 기둥을 갉고 또 갉았다
눈덩이처럼 불어난 보증 빚 때문에
돌이킬 수 없는 길 접어든 이후
희망의 빈껍데기만 뒹구는 집
꿈꾸지 못하는 집은 빠르게 늙어갔다

뽀얀 이야기 마디마디 익어가던 집
가끔은 밤늦은 피아노 선율을 따라
서툰 아리아의 화음 들려오던
금발 담쟁이 찬란했던
그때 그 집

길

중천 햇살 아래
말보다 먼저 얼굴이 일그러져
동동 구르는 기태
스물세 살 지적장애우

벌레 보듯 피해 가는 사람들 사이로
길은 뻗어있지만,
달리는 차들은 길을 내주지 않는다

속도를 올리게 하는 곧게 뻗은 길은
맹수보다 포악하다

길이 되지 못하는 길 위에서
제자리만 돌고 있는 기태

그의 손을 잡고 길이 되어줄
기다림이 길다

필리핀 오후

도로 중앙에 차가 멈추어 선다
신문지로 햇빛 가린 사람들이 차로 간다(느리게)
창문도 에어컨도 없는 지프니* 의자는
햇살이 다리를 걸치고 앉아 뜨겁다
엉덩이나 겨우 걸쳐지는 딱딱한 의자
흑백의 사람이 간격을 밀착시키며 앉는다(느리게)
무릎과 무릎을 좁히고 엉덩이와 엉덩이를
압축하듯 천천히 조여오는데 땀범벅이다
지프니, 트라이시클**, 자가용, 오토바이, 자전거 줄줄
이 서서
도로 중앙 느린 승차가 끝나기를 기다리고 있다
손가락 사이사이 다른 지폐를 끼운 운전기사가
한 사람 한 사람 셈하며 차비를 받는다(느리게)
브레이크에서 기사의 발바닥이 떨어지자
시커먼 연기가 튕겨 나가며 차를 밀어준다(느리게)

축 처진 오후의 느린 어깨 속으로
시간은 속절없이 (빠르게) 지나간다

---

* 지프니: 트럭을 개조한 필리핀 대중교통으로 승강장이 따로 없어 아무 데서나 승·하차가 가능하다.
** 트라이시클: 오토바이 옆에 수레를 달고 앉을 자리를 만든 근거리 대중교통.

23

네온사인 아래서

아파트 빌딩 숲
감전感電의 칼날 감추고
반짝거리는 네온 간판
날벌레들이 부딪히는 아수라다

푸른 숲을 떠나온
매미들의 돌진 소리가 가장 크다
한 번의 비상을 꿈꾸며
칠 년을 벼린 감각도 소용없다
허물 벗으며 다듬었던 수백의 촉각
부화孵化의 꿈으로 부풀었던 날개가
네온 간판 혓바닥 속으로 날아들어
우수수 진다 속수무책으로

생태계 질서 무시하고
무자비하게 자행한 집단학살
지옥은 우리들이 만들고
이미 친해져 있다

결핍

먹을 것이 귀해서
감나무 한 그루만 있어도 우쭐했던 시절
별처럼 피어 골목 밝히던 감꽃 떨어지고
조금 더 낮아진 담장 위로 가을이 들면
알전구처럼 환하게 빛나는 감
꿈에서도 서리를 했다

신경 곤추세운 고양이의 날렵함으로
실한 감꼭지 낚아챌 때
정적 깨는 그 소리 너무 커서
꿈에서 깨어나도 심장을 파고들었다

성인이 되고 난 뒤에도
여전히 나는 거리의 감을 자꾸 사들인다

냉장고 가득 감이 쌓여도
종일 감나무 앞에 서서
주위를 두리번거리는 그림자
아직도 그 골목에 남아있다

여백

이건 당최 뭔 말인지 모르겄고
요건 설명이 장황혀서 없는 것 같은디
아이고 참말로 차라리 일을 하고 말제
뭣헐라고 이런 것을 한다고
날밤 꼬박 샘서 쓰고 지우고 그라다 보믄
생기는 것이 맞긴 헌 거여
읽고 나서 가슴이 찡함서
무릎을 탁 치게 하는 그것이

니가 보기에 있는 것 같냐?

무심은 한 세계를 닫기도 한다

오랫동안 밀쳐놓은 화분에 물을 준다. 눈길 주지 않고 방치한 탓에 마른 먼지가 피는 자리, 돌처럼 굳은 흙 속에서 뿌리는 살아있을 리 없겠지. 숨결 하나쯤 남아있을까. 무심함이 머물렀던 자리

마음을 준다는 건 온몸을 벗고 스스로 털어내는 것, 멀어지는 마음 만류할 수 없어 차라리 눈 감는 것, 물을 갈구하고 밥을 갈구하다 돌아보면 아무도 없는 새벽

발목을 적시는 후회의 눈물로도 너를 살릴 수 없겠다. 애타게 물을 찾았을 너는 끝내 화분 속에 갇혀 흙으로 돌아가지 못했다. 내 안의 숨은 칼로 나를 베지 않으면 멈춰지지 않는 공허한 마음 쏟아내며 이제 나에게 돌아가리

더는 기다림에 갇히지 않고 흙으로 돌아가 대지의 숨소리 들으며 마음껏 뻗어나간다. 작은 욕심으로 한 세계가 닫히기도 하였으니 어느 한적한 곳에 피어 향기가 된다.

제2부 아름다운 원망

겨울 처방

비 오는 날엔
금당댁 할머니 약 사러 온다
인기척에도 울컥 일어서는 가슴
편도부터 기관지까지 무성하게 뻗은 세균들
그보다 더 깊은 마음 바이러스
집 나간 아들 걱정

"지침이 많이 나 머리도 톱질하는 것맹키로 아프고 온
삭신이 절구가 내리치는 것 같당께 잘 지쳐 한 방에 낫게"

온전한 것이라곤 겹겹이 속옷 껴입은 마음뿐
그것마저 놓으면 가벼워질 텐데
밤마다 이불 덮어주고 싶은
아드님은 꼭 돌아올 거예요
색색의 알약 내려놓고
할머니의 거북손 잡아주었다

마음 다공증

누가 내 속을 알 것이오 가난한 집안 큰 메느리로 들어와 핵교도 안 간 막내 시누이 새끼보담 더 신경 써 벤또 싸주고 빤스까지 내 손으로 빨아줌서 손꾸락 까딱 안 허게 귀허게만 대접혀 시집보냈드마 잊을만 허면 전화혀서 당신이 혀준 것이 뭣이냐 삿대질허는 날이면 심장이 벌렁거림서 가슴도 답답허고 찬바람이 돔서 멀쩡하던 삭신이 주저앉을 거 맹키로 아프다니께 참말로 몸뚱이도 그라지만 내 맘에 숭숭 난 구멍은 세도 못할 것이여

손꾸락 뽈 힘도 안 냉기고 아등바등 해봤자 밑 빠진 독에 물 붓기여

지독히 쓸쓸한 말을 위해

넘들은 갱년기가 힘들다는 디 나는 겁나게 좋아야. 친구 마누라가 갱년기 우울증이었는디 치료했는디도 고만 아파트에서 뛰어내려 부럿다 안 하냐. 그 뒤로 우리 꼰대 갱년기 말만 나오면 어디 친구 집 놀러 갔다 오라는 둥 가고 자븐데 있으면 언능 댕겨오락 함서 현관문을 활짝 열어부러야. 평생 꽁꽁 걸어 잠그고 시간 시간 체크를 해대드니 방문만 씨게 닫아도 놀래가꼬 뭔 일 있냐고 물어봐 준께야. 메갑시 어디 가고 자브면 갱년기 때문인가 어깨도 쑤시고 잠도 안 온닥 하면 대통령 통과하디끼 무사통과란 말이다. 이러고 좋은 것이 으째 늙어야 온다냐 잔 일찍 오제야.

웃을 수도 울 수도 없는 이 말을 들으며 중얼거린다.
기다림은 다른 길을 막는 어둠일 뿐이라고.

점쟁이맹키로

어째 그라고 내 맘을 잘 아시오
어디가 똑각 부러지거나 터지거나,
그러먼 여기가 아프다 헐 건디
꼭 집어 입원할 만치 아픈 것도 아니고
그렇다고 안 아픈 것도 아니어서
참말로 뭐라고 말도 못 허고
눈치만 보고 있는디
점쟁이맹키로 내 맘을 딱 알아준께
병도 바로 나슬 거 같은디요

투약投藥

안달 나는 마음 살짝 숨기고 천천히 눈을 맞추리라. 어서 해달라는 재촉도 뒤로하고 두 손을 애무하듯 마주 잡은 뒤 달콤한 아이스크림 혀끝으로 녹아들 듯 부드럽게 찬찬히 구석구석 발기시키리. 당신을 내게 맡겨요. 저만 믿고 따라오세요. 비아그라 팔팔 안 먹어도 팔팔한 누드의 의욕 보여 주며

그랬군요. 너무 힘들었겠네요. 봇물처럼 터져 나오는 신음을 다독이며 함께라면 뭔들 못 하겠어요. 그럼요. 꼭 좋아질 거예요. 아침에 일어나면 날아갈 듯 놀라운 세상을 만날 수 있어요.

가여운 눈동자가 위로를 받을 때부터 시작되는 오르가슴.

젤로 좋은 때는, 숨

게으름 피지 말고 부지런히 내쉬면 되지라
그것이 뭣이 어렵다고 그라고 엄살이요

워메 이 양반이 어째 말을 이라고 험하게 해부까
나라고 그리 안 해봤것소
그것이 암상토 안 할 때는 식은 죽 먹기보다 쉽지라
가슴이 쑤시고 습벅거림서부터 요상시럽게 안 되야
시상사가 다 그렇지만서도
소중헌 줄 모를 때가 질로 좋은 때여라
그때 챙기고 생각허고 애껴줘야제
한번 상하면 돌리기가 만만치 않는 걸
넘치고 썽썽할 땐 모다 모른단 말이요

요로케 되고 본께
숨 한 번 지대로 쉬는 것이
시상에 질로 가볍고 무거운 것이여

아름다운 원망

글쎄 안 받았어
안 받았으니 안 받았다 허지 메갑시 그러겄어

어머니 텔레비전에 돈 받은 거 보여드렸잖아요

그런 거는 모르니께 입 아프게 말허지 말고
아까 오 만원짜리 내고 바로 장에 가서 보니께
지갑에 돈이 없드란 말여
돈에 발이 달렸겄어 손이 달렸어
젊은 사람이 사람 말을 안 믿고 자꾸 그려
그동안 이 약국을 얼마나 많이 갈아줬는디
사람을 뭘로 보고…… 늙었다고 핫바지가 아녀

CCTV 보고도 안 받았다 허먼 내가 어찌야쓰까
아까 본께 주머니에 돈 넣는 거 같던데
주머니랑 가방 다 찾아보셨어?

지갑 놔두고 뭐덜라고 주머니에 넣겄어

마지못해 뒤져보는 주머니

거기 꼬깃꼬깃 접혀 있는

요것이 어째 여기 들었댜 참말 요상시럽네
에고 늙으면 죽어야 써 언능 죽어야 써
귀신은 뭣 허니라 나 같은 사람 안 잡아가서
촌무지랭이처럼 우세시럽게 이런댜

우째야 쓰까?

오늘이라도 팍 죽어버렸으면 좋겠구만
목숨은 왜 이리 고래 심줄처럼 질긴지
산목숨 맘대로 끊어버릴 수도 없고
자다가 영영 눈감으면 원이 없겠어
오래 살면 살수록 자식들이 고생이랑께
근께 나한테 더 약 먹으란 소리 말랑께

근께 약을 자셔야지요
갈 때 가더라도 건강하게 살다 가야지
산송장맹키로 자리에 누워
벽에 똥 바름서 자식들 힘들게 하면 안 되니께
이것저것 약을 먹어서 건강하게 사는 것이
자식들 맘 편하게 하는 것이랑께요

까묵다

이거 몇 번 묵으라고?

아침이라 안 혔어?

에고 세 번이랑께
밥 먹데끼 묵으랑께요!

것다가 써줘야지 갈켜줘도 돌아섬서 까묵어 분당께
요런 거 까묵는 것은 일도 아니여
몇 날 며칠인지는 진작 지 혼자 지나가불고
밋살 묵었는지 인자 시기도 귀찮다니께
자석들 전화번호는 애당초 생각 안 난께
일 번은 큰놈, 이 번은 작은놈이라고 담아났제
돌아섬서 뭐 할라 했는지 까묵은 것은 그렇다 쳐도
인자 집 가는 길도 까묵고 내 이름 석 자 까묵고
자석들 얼굴까지 까묵어 불면 으째야 쓸란가

자꾸 까묵어도 배도 안 부른 것 엔간히 까묵고
요 말랑한 거 까묵으면 덜 까묵게 된다요

40

그라고 못 씨게 되기 시르믄

까묵지 말고 꼬박꼬박 까묵으씨요

기록

"야 여기 주인 어딨어 주인 나오라고 혀"

"죄송합니다 뭐 불편한 것이라도"

"손님이 오면 음료수 대접은 못 할망정 어서 오시라고 나와 인사는 혀야 될 것 아니여 그리고 어째서 이 약 봉다리는 아침 점심 저녁 표시도 안 되어 있는겨 여그 하는 꼴이 영 엉망이고마 요참에 나가 혼을 좀 내야 쓸란갑네"

"세 끼 먹는 약이 같으면 표시를 안 해도 돼서"

"얼래 주인 양반도 싸가지가 읍네 손님이 해주라 허면 해주라는 대로 군말 말고 혀줘야지 지금 나를 무시허는 것이여 내가 누군 줄 알어 기자 생활로 뼈가 굵은 사람이여 보건소고 병원이고 잘못한 새끼들 가만 안 뒀어 니들도 한마디만 허면 문 닫는 거 시간문제여"

"아이쿠 죄송합니다 미리 말씀을 하셨으면 모두 해드렸을 건데 다음부터는 원하시는 대로 다--아 시정해 드리겠습니다"

컴퓨터에 메모한다

빵모자 김 −VIP

성스러운 회전

어느 정직한 농부 텃밭으로 들어가
어린뿌리 혀끝을 적셔주거나
실한 햇살 길을 오르내리며
탱탱한 알맹이로 영글게 맺혀
출출한 시인의 어금니 틈에서
자작자작 소화된 웃음 되거나
고장 난 몸 수리하는
한 줄 시가 되기도 한다

그러고도 남은 힘으로
꿈틀꿈틀 신호 보내기에
엉덩이가 시원하게 힘주는 한판

몸, 똥의 자전과 공전

꿈이 사라진 자리에 허기만

먹는다 고프지 않아도 때 되면 뱀의 혓바닥처럼
날름 떠먹는 숟가락 뒷면 금속성 빛살이 터지고
바닥에 떨어진 밥 톨 하나까지
죽어있는 시간 위에
자라난 습관이란 얼마나 무서운 것이냐

바퀴벌레 떼로 모여 사는 다락방에는 얼씬도 하지 않았다
시장 바닥 햇살 깔고 퍼질러 앉아
쌀 씻어 밥하고 똥 기저귀 주물러 빨면서도 생각나지 않
았다
불어 흐르는 젖가슴 가려주던 단칸방
꽃이 아니어도 꽃인 양 환했던 그때

이제는 먹는다 습관적으로
먹다 남긴 찌꺼기 아귀처럼 먹는다
바퀴벌레 누웠던 자국 닦으며 눈에 보이는 모든 것
배가 불러도 먹는다 위장 꾹꾹 늘려 가며, 게워가며
살기 위하여 혹은 죽어가기 위하여
먹을수록 고파서 먹고 또 먹는다

원룸

혼자가 두려워서 만든 방
살아내야 하는 잡다한 것들이 쌓여 간다
부딪혀 생겨나는 갈등 깊어질 때 사들이고
미운 마음 등 돌려 기다림 길어질 때 사들이고
눈물 대신 삼켜야 할 폭식으로 사들여진,
층층이 쌓여 있는 무게를 열고
맞짱 뜨겠다는 용감한 도전

몸 하나 겨우 들일 수 있는 방에는
과거를 기억할 어떤 흔적도 없다
당장 먹을 양식과 한 계절의 옷
신발이 어지럽게 널려 있어도
긴장하지 않고 퍼져 자빠질 수 있는 자유로움
아무도 챙기지 않아도 되는 홀가분함

혼자여서 오히려 단단해지는
화두를 선명하게 올렸던 붉은 꽃송어리
지난여름 피었던 상사화
함께함이 늘 아름다운 것 아니라는

근황

깜박깜박하는 게 위험 수위다.

밥하려다 가스레인지 둘레에 얼룩이 보여 닦는다. 잘 닦이지 않아 세제로 닦다가 바닥에 거품이 튄다. 거품 닦다가 눈에 보이는 부엌, 거실 바닥도 찬찬하게 닦는다. 그러다가 때꼽재기 범벅인 걸레와 행주, 자릿내 밴 빨래를 돌린다. 귀한 시간을 얻은 것처럼 미뤄뒀던 책을 뒤적거리다 빨래 탈탈 털어 볕에 넌다. 대장정을 끝내고 무언가 하려던 것이 분명 있었는데 도무지 생각나지 않는다고 소파에 허리 펴고 눕는다. 배가 싸륵싸륵 고프다.

생각이 날 때 해야 한다는 강박이 자리 잡고 있는 것인데
절반은 새어 나가는 강한 휘발성 기억으로
나는 정녕 가벼워지고 있는가

하루

공평하게 온전하게 꾹꾹 채워진
또 하루가 왔구나
중얼거리는 틈으로 새어 나가는 시간
서둘지 않으면 흔적 없다

조바심과 강박과 걸신거림으로
오늘 얼마나 많은 알약을 셈해야 할까
먼저 왔는데 다른 사람보다 늦게 나온다고
빨리빨리 줄 것이지 뭘 꾸물거리느냐는
짜증과 재촉, 그 습한 자리마다 무성하게 돋은
통증을 구김 없이 만져야 하는 손가락 틈으로
어제가 되어버린 많은 시간 흘려보내고
무엇으로도 채워지지 않는 잠은 문밖에 서있어
아침은 먹을 것 없고 차갑게 식은 밥상 같다

절망하지 않기 위해 희망하지 않아야 하는
시간은 무엇을 가르쳐주려고
이렇게 숨 가쁘게 다가오는 것일까

다시 알람이 울린다

대출도, 연장도 안 되고 남기는 것조차 안 되는
날마다 같은, 다를 수도 있는
하루가 도착했다

제3부 기꺼이, 즐거이

상사호에서

산이 물속으로 몸 낮춰 내려오면
호수는 제 속을 비워 산을 품는다

산이 꽃 피우면 물속도 청춘
산꽃이 지면 물속도 기억을 지운다

사마귀 사랑

사랑은 늘 처음 같은 떨림이라고
진하게 립스틱을 바르는 아침
사마귀 한 마리 가슴에서 죽어간다

뜨겁게 입 맞추고
심장 깊숙이 나를 박을 테니
죽음으로 안아주오
향기에 취해 입술로 번지는 신음
코끝에 머문 숨소리 한 움큼
머리카락 하나까지 발라 먹고

온전하게 내 안에 들이는

무화과

귀퉁이 지나치다 얼핏 봤능가
인자 그것들 보기 힘들 것인디
오일장에는 나올랑가

무화과 한입 깨물며
차라리 그대 사랑 훔치고 싶다는 말장난에
애간장 태우며 가던 꽃 같은 날

사랑이 무언지 몰라도
사랑한단 말 즐거이 주고받았지

이제 거짓으로도 말할 수 없다는
그 말에 화도 낼 수 없다

닿을 수 없는 거리에서
환하게 피어나는 꽃
따가운 햇살 온전히 견뎌야
꽃이며 열매가 되는 천형

더는 꽃이 되지 못하는 슬픔
가을 속살을 물고 빨갛게 익는다

청미 처방전

한 방울만 마셔도
가슴이 탁 받치면서
목에 걸린 것 같기도 한데
삼켜지지도 토해지지도 않아서
아무것도 먹을 수 없게 된 순이 엄마
검사를 해봐도 멀쩡하다니
엄살 같아 아프다 말도 못하고
도움 안 되는 위장약만 먹고 있다

시누이 시어머니 몽니에 속 끓이는 사정
민망스러워 입 밖으로 내지 않더니
말로 풀어야 없어지는 가슴앓이
봇물처럼 쏟아내던 날
채송화꽃처럼 연하디연한 마음
고래 심줄처럼 튼튼해지려면
얼마나 많은 탕약을 삼켜야 하나
쓰담 쓰담 함부로 뱉지 못한
가슴의 물꼬 터준다

기꺼이, 즐거이

흔적을 지우는 건
상처를 어루만지고 토닥이는 일
이별이 두려워 사랑 앞에 작아지고
마음 다칠까
적당한 거리에서 다가가지 못한다

속내 드러내어 토로할 누구도 없다
토하지 못한 말들이 쌓인 골목을 지나면
홀로 울고 있는 상처가 보였다

바람과 햇볕 들 때마다
깨어진 그릇처럼 뒤로 물러나 앉던
폐정廢井의 그림자
오늘은 가마로 들어가듯
두려움 없이 불길과 마주해 보리

뜨겁게 더 뜨거워진 숨결로
체증滯證을 내리고
지천명知天命으로 이사하는 날

꽃동네에서

여의도로, 시청 광장으로, 광화문으로, 팽목항으로
불의에 맞선 사람들 깃발처럼 일어설 때마다
함께하지 못하는 마음
송곳으로 후벼 파인 듯 죄스럽다

묵묵히 자기 일에 열심인 사람도 있으니
세상이 아름다워지는 것 아니냐
생면부지 음성까지 흘러와
온기 없는 방 안에서
좋은 세상 꿈이나 꾸며 산다

문 열면 꽃동네
나무처럼 돌처럼 들풀처럼
작은 소리로 서로를 바라보며 견디는
저기 옹기종기 모여 사는
꽃 같은 사람들 있지 않느냐

짝사랑

용수철처럼 튕겨 나가
혼자 뜨거워진 마음 삭이고 지우다
화석이 된 씨앗 하나

발아하지 못한 그리움
보물처럼 품는다

손

주먹만큼 혈관이 튀어나온 아버지 팔뚝
몸에 구멍을 내고 피를 걸러 넣은 흔적이다
죽음을 삶으로 바꾸는 전쟁 같은 의식
생의 반대편으로 밀리지 않으려고
사시나무 떨듯 경련 일어도
남의 손 빌어 일어서기를 거부하던 아버지
흔들어 깨워도 잠에서 나오지 않는다

"차라리 편하게 가셔요"
평생 후회할 말을 뱉으며 잠든 아버지 손을 잡았다
여자 손처럼 고운 아버지 손은
분필로 세상을 열었고
남자 손처럼 거칠어진 내 손은
약 가루 묻히며 다른 세상을 살았지만
모양이며 크기, 검지 손톱이 비딱하게 틀어진 것까지
꼭 닮은 서로의 손을 잡아본 기억이 없다

지옥과 천당을 오가는 일상이 반복하는 동안
중심을 잡던 육신의 힘 떨어져 나가고
힐거워진 자존심 일으키던 뼈대들마저

어느 늪에 빠져나오지 못하고 있다

제 손 놓치지 말고 돌아와요
입속에 맴돌았지만, 쑥스러워 차마 못 했던
감사하다는 말 사랑한다는 말
놓을 수 없어서 하나인 양 포개본
꺼져가는 아버지의 세상

Endless Love

대소변이 불편한 아버지
요양병원 보내달라고 고집을 부렸다
날도 더운디 느그 어무니 넘나도 고생시럽고……
말을 잇지 못하는 행간에 단호함이 묻어 나왔다

하루도 거르지 않고 바로 지은 밥 차려낸 정성으로
죽을 고비 넘긴 게 한두 번 아니었는데
"이참에 넘의 밥도 묵어봐야 소중헌 줄 알 것이여"
어머니는 혼잣말 주섬주섬 챙겨 병원으로 갔다
약한 비위 틀어막고 헛구역질 올리면서도
병간호하던 어머니
빠짝 마른 몸 이끌고 사흘 만에 돌아왔다

젊은 간병인 여자가 눈웃음치며
아버지 허벅지 더듬는 걸 보았다고 했다
그럴 때마다 밖에 나가 있으라고 눈 부라리던
아버지를 얼른 집으로 데려와야 한다고
핏대를 올렸다
굵은 눈물도 뚝뚝 떨궜다

지상에 하나뿐인

"밥 먹고 자거라"
"엄마도 할머니 집 오니 세 살배기네 "

철들기 전 시작한 결혼 생활
아이 키우고 살림하느라 허리뼈가 뻐근했다
잠 줄이면서 해놓은 것은 불평으로 남았다
어느 것 하나 몸에 익지 않고, 무지근 깊어져
피붙이처럼 통증이 들러붙은 뼈마디
어딜 가도 편한 잠자기 쉽지 않다

"아서라 아서 여기서만이라도 좀 쉬어라"

등 떠메고 가도 모르는 꿀잠 들었다가
온전한 나만의 밥상 받는 곳
어머니 올려주는 음식 입 벌려 받아먹는
아주 이기적인 천국

비법

　살 오른 배추, 갖은양념 잘 버무려 김치 담는 날. 마늘,
생강, 밥알 적당히 갈아 넣고 푹 삭힌 젓갈, 고춧가루 적당
히 넣어 맨손으로 쓱쓱 버무려 입에 넣으면
　"혀까지 삼켜질라 천천히 묵어라"

　"오늘은 어째 맛이 쌉쌀하다냐"
　불편한 심기 손끝에 남아 반찬마저 쓴맛으로 느껴질 때,
어림짐작으로 버무려진 김치 한 가닥 북 찢어 뜨거운 밥 위
에 올려 간을 봐야 하는 건 내 몫. 그날 김치 맛은 어설픈 내
혀끝에서 나오곤 했다

　어머니 곁을 들랑거리며 눈동냥으로 익혀진 맛, 계량스
푼 계량컵 없이 담가도 내 입에 찰싹 달라붙게 하는 비법 묻
고 물으면
　"적당히 넣어라 뭣이든 넘치게 허지 말고"

부처의 말씀

양동시장 다닌 지 이십 년
어머니 발길 닿지 않은 곳 없다
흥정이라면 빠질 수 없는 선수급
좌판 붙들고 한판 뜬 흥정이
상처투성이 과일이다

작고 못생긴 데다 벌레마저 먹었지만
배곯은 것에 기꺼이 몸 주고 생긴,
상처는 보시한 부처의 마음이라
깊고 달콤하다고

아프게 가시 꽂힐 때에도
약 대신 찾아 바르는
어머니 말씀

졸업

생면부지 이국땅으로
보따리 두 개 달랑 들고 떠나
스페인계 노부부의 방 한 칸 얻었다고 했다
형형색색의 낯선 눈동자 속을
걷고 또 걸으며 홀로 버틴 지 사 년
둘러봐도 어깨 기댈 이 없으니
졸업식만은 함께하자는 말에 이끌려
너의 텃밭으로 들었다

엄마랑 함께 누우니
이 좁은 방도 향기로운 꽃밭 같아
쉬이 퍼질러 앉아 꽃 피는 제비꽃처럼
가뿐 뿌리를 내렸다지만
크고 억척스러운 이국의 사람들 틈에서
잡초로 뽑히지 않으려고 버텼을 작고도 작은 방
숟가락 젓가락은 어디서 얻어온 일회용이고
접시며 이불, 베개, 담요
무엇 하나 제대로 된 거 없지만
너는 우뚝 서서 눈물로 웃었고
나는 웃음으로 울었다

문

아이가 토라져 누웠다
선인장 가시처럼 따가운 눈총에도
꿈쩍 안 하는 등 밑 그늘이 깊다
세상에 좋은 말 다 밀쳐 두고
하필이면 이런 말이나 곱씹는 엄마라니
하지 마라 가지 마라 사랑인 양 문을 채우고
안 된다 못 한다 막무가내 막아선 적 많았다
그래도 안심이 되지 않는 세상 밖으로
셀 수 없이 문을 만들어 가두었지만

나도 안다
꿈꾸는 세상은 문 밖에 있는걸
그 굴레를 하나씩 거둬들이는 일이
짊어져야 하는 또 하나의 짐이라는 걸

원망 깊은 문밖으로
철컥 자물쇠 닫히는 소리
자랑하듯 모아놓은 열쇠 꾸러미
어떤 것으로도 열지 못하는
그 문 앞에서
나는 서성이고 있다

종이학

천 번을 접으면 이루어진다는 소원
색색의 종이학 접는다
손가락 마디마디 밤 깊은 줄 모르고
한 마리 한 마리 쌓여 가는 소원
날카로운 모서리 꺾어 날개를 달아준다

마음을 준다는 건 갈증의 시작
마음 커지는 만큼 늘어나는 욕심
줄 수 있는 기쁨보다
충족되지 않는 서운함을
먼저 접을 줄 알아야 한다

접힌 색종이 이면처럼
보이지 않게 자기를 거둘 때
자유롭게 날개 펼칠 수 있는 법
너의 방문 서성이다가
사붓사붓 나를 접는다

새우란

어머니가 지성으로 바라던
생물학 박사가 되었지만
그의 꿈은 세상 밖으로 나가지 못하고
하우스 속에서만 피어납니다
닳고 닳은 온기에선 무수히 꽃이 피지만
피는 만큼 낡아가는 가계
비우고 비운 마음 아니라면
피지 못했을 꽃
징글징글 탐스러운 꽃 속에서
묵묵히 살아내는 향기

"여기 봐라 요 꽃이 얼마나 이쁘냐
이 꽃이면 괜찮다 이거면 충분하다"

제4부 통증 교환소

새 생은 저만큼

낙지 잡는 샘돌 엄니
갯벌에 좋은 옷 호사라며
제 손으로 옷 한 벌 안 사던 깍쟁이
평생 잡은 낙지 혼 들러붙어
바닥에서 떼기 힘들어진 다리 끌고
오일장 옷 가게 기웃거리더니
작은 보따리 하나 들고 왔다

고향 떠나 시집가던 날처럼
다음 생은 저렇게 곱고 싶다는 듯
녹의홍상에 족두리 갖춘 수의
달랑 한 벌

새 생은 저만큼 가벼웠으면

섬진강

하늘이 내려오면 하늘 품고
산이 잠겨오면 산 되어
흐르는 섬진강,
한 사람에게도 낮아지지 않아
맞물리지 못한 나는
얼마만큼 낮아져야 품을 수 있을까
흐르고 흘러도 버릴 수 없는
마음의 굳은 뼈

세월에 들다

홍시 껍질 벗겨 먹으려니 잘 보이지 않는다
몸의 일부처럼 걸치고 살았던 안경
안 쓰면 먼 곳을, 쓰면 가까운 곳을 볼 수 없다
벗었다 쓰기를 반복하는 일에도
쉬 마음이 베인다

한입 먹으니 덤덤하다
기억은 여전히 다디달지만
혀끝에도 갱년기는 찾아온다
약 먹듯 먹고 일어서는데 물컹 손끝에 뭉개진다
혀끝만 더듬증 겪는 게 아니다 나도 모르는 사이
손가락을 빠져나가 짓이겨진 홍시 조각

그럴 때마다
기겁하며 눈살 찌푸리던 내게
"너도 늙어봐" 하시던
어머니 웃음 바닥에 흥건하다

화양리의 봄

돌담 키를 맞춘 앉은뱅이 지붕에
소소리 바람 뒹굴고
옷가지가 빨랫줄 타며 배트작거리는 마당
묵은 김치 막걸리 사발에
흥 난 손길 그물코를 꿰고 있다
육자배기 가락에 바다도 덩달아 어깨 들썩이면
선착장 게으름 피우던 바닷새
화들짝 놀라 발목 적시는 곳
먼 바다 고깃배들 집어등을 받쳐도
악다구니로 날이 새는 화양리
붉어진 눈두덩으로 파도가 밀려들었다
그물에 걸린 달빛 마을
한 뼘 돌밭이라도 새로이 일구고
길이 끝나는 바다에도 길을 여는 곳
보돌 바다 배 위에서 만선 꿈꾸는 매듭 굵은 손들
산비탈 봄 햇살에 파랗게 일어서고 있다

대대포구 1

자동차 불빛에 환해지는 포구는 천막 밑으로 기어들어 가 보던 무성영화 장면 같습니다. 사람들의 흔적이 음각 된 강바닥에는 낯선 불빛에 놀란 게들의 경계심이 집게발 로 튀어나오고, 묵은 때 벗지 못한 도시의 냄새도 역하게 올라옵니다.

서둘러 떠나는 물살 피하는 나룻배 몇 척, 알통이 드러 나도록 밧줄을 붙잡고 있습니다. 지하도 구석에 잠이 든 소 년 같은 물안개들이 나룻배 가득 채워 오지만 배는 움직이 지 않습니다. 밧줄을 놓으면 더 먼 곳으로 갈 수도 있겠지 만, 저토록 아프게 놓지 못하는 무게 어깨에 전해 옵니다.

대대포구 2

밤이 깊도록 깃을 접지 못한 도시의 불빛이 팽팽하게 날이 선 밧줄 위에서 위태합니다. 어두울수록 밝게 빛나는 작은 불빛도 새 물살 끝에 걸린 희망이라고 날이 새도록 불빛 놓지 못하는 마음은 이미 절망을 아는 사람일 것입니다.

불빛에 길어진 그림자가 훌쩍 강을 건너 갈대 위로 몸 합치지만 갈대도 그림자도 뿌리 깊은 곳으로 이르지 못하고 흔들리다 형태도 없이 사라져버립니다. 불빛처럼 쉽게 강을 건너갈 수 있는 것들은 허망한 것이라고, 당신께 가는 길이 왜 그토록 힘들고 먼 길이었는지 밤바다는 이미 알고 있는 듯합니다.

대대포구 3

  달빛 번지는 갈대밭에 아직 집을 찾아들지 못한 발걸음
이 걸려 있지만, 이제 곧 봄이 오겠지요. 묵은 흔적 지우고
다시 태어나는 포구에는 눈바람에도 아랑곳없이 새순을 올
리기 위한 다비식 한창입니다. 서로가 서로의 뿌리 안으면
서, 얽히면서 흔들리지 않았던 갈대숲 무너져 허물만 남겠
지만, 그 품속의 뭇 생명들 소리는 절망마저도 환하게 빛
나게 합니다.

통증 교환소

거울 속에서 웃음이 말한다
잘 살아왔다는 증거야
이런 구김 없는 웃음 흔치 않아
나조차 진짜인지 가짜인지 망각한
웃음도 리필되는 통증 교환소
깊고 독한 것, 소스라치는 것,
얕은 엄살처럼 아직은 익지 않은 통증
단순한 듯 복잡한 통증의 유형에는
무한 이해와 동정은 노골적 필요조건
통증이 사랑스러울 수 있다면
근사한 사업일 거라는 말 틀리지 않지만
칸칸이 쌓여 있는 알약들과 교환되는 장면
지나치듯 본 당신은 동의하지 않겠지
웃는 얼굴밖에 없는 사람처럼
고생했어요 얼마나 아팠을까
알약보다 먼저 고개를 끄덕이지만
찌푸리고 신경질적인 눈초리에
금세 시들어지는 웃음

거울 속 나를 토닥여 준다

거울아 거울아

웃음도 휴식이 필요하겠다

유효기간이나 찍어주렴

중심은 움직이는 거야

기댈 곳 없어 서로를 발판 삼아 얽히고설켜 바닥으로 나동그라지던 인동초 줄기들은 늘 햇살 쪽으로 다투어 고개를 곧추세웠다. 살기 위해 발걸음 옮기고 살아내기 위해 불끈 쥔 생각의 오체투지五體投地 가슴 뜨거워지는 곳으로 새로운 중심을 만든다.

때론, 바람이 이파리를 당겨 뿌리 송두리째 흔들리겠지만 너를 믿어봐 흔들려야 중심도 깊이를 생각하지 뿌리가 향하는 곳에서 잠들지 않고 당기는 힘이 더 깊은 곳으로 너를 인도할 터, 마음껏 뻗어 봐. 바람에 꺾이지 말라고 지주대 하나 세워주며 몹시 흔들렸던 지난밤 기억을 불러 흔들리는 나를 일으켜 세운다.

봄, 순천만

제 살 버리고 산란 끝낸 갈대들
지느러미 털고 일어서는 새순에
껍데기마저 내어주고 함초롬히 웃고 있다

꿈을 버리지 않는 강물
한 뿌리가 썩어 다른 뿌리 살 되는
갯벌 속으로, 속으로 흐르다 보면
제 뿌리에 가 닿으리라

산 것과 죽은 것이 하나 되는
합삭合朔의 시간
썩은 살을 버리고
투명한 날개 파닥이는 강물이 빛난다

갈대밭에서 1

너를 보고 있으면
나도 흔들려도 될 것 같아
바람 불면 휘파람 소리를 내고
비 오면 촉촉이 젖어 들어
몸 섞고 살아도 좋을 것 같아

흔들려도,
흔들리면서도
새들의 젖은 날개 말려
지상으로 날아오르게 해
궁륭穹窿의 하늘
섬기듯

너에게 몸 맡겨 흔들리다 보면
몸이야 흔들리든 꺾이든
고요히 마음 누이는 법
알게 될 것 같아

갈대밭에서 2

혼자 살 수 없어 숲이 되었다
가을비에 젖어 내린 약하고 서툰 마음
뜨거워지다 속절없이 흔들리면서
흔한 맹세에도 눈물 나던 때 있었지
지쳐 있을 때 손잡아 주고
외로울 때 어깨 내주며
실수하고 서툴러도 기다려주는 내 편
그 푸른 신앙信仰에 기대어
가장 깊은 곳으로 내려가
벌거벗은 뿌리 엉키어 숲이 되었다

기대고 산다는 건 자기를 비워 내는 일

머뭇거림은 없어라
얽맬 수 없는 낮은 너무 길었고
침묵의 밤 또한 공허로 깊었다

다정한 눈길
목마른 이름
하나의 심장

고통 없이 거둬들이며
석양으로 물든 순천만의 가을

명약名藥

자다가도 부르면 바람처럼 나와
가볍게 한 공기 비우고
배고프지 않아도 때 되면
씹는 둥 마는 둥 호로록 삼키고
구미에 맞는 음식 만나는 날에는
게 눈 감추듯 뚝딱 먹어치우게 하는
밥맛

응급실 실려 가 죽음 앞에서 처음 잃고
물 한 모금 밥 한 톨 넘길 수 없어
애간장 말리게 했지

슬그머니 식욕억제제 챙겨 밀어도
꾸역꾸역 살아 돌아와
눈물도 절망도 다 제치고
다디달게 살을 불리는
징글징글한
밥맛

경계

아이스크림 하나 먹으면서도
맛있다, 그저 그렇다, 특별하지 않다
뭐 이런 걸 비싼 돈 주고 사서 먹냐
그럴까 봐 아빠 돈 말고 내 돈으로 샀다는
뾰로통한 지점

사소한 이견의 틈으로
내 것, 네 것의 모호한 경계가 생겨나고
말하고 싶지 않은 날이 쌓이고 쌓여
서로 마음 들여다볼 수 없을 때
생겨나기 시작한 선

사랑하지 않는다는 말보다 더 견고한
내 것과 네 것

틈

바위 깨는 아저씨 손목 가볍다
바위를 깨는 것은 큰 힘 아니라며
사소한 것, 가벼운 것, 그냥 지나쳐도 좋을
틈으로 정을 밀어 넣고 때린다
가볍고 경쾌하게 시작된 망치질이
집채만큼 큰 바위를 갈라지게 하다니

어느 날 보고 만 은밀한 문자
그곳에서 한참을 머물렀던 길 잃은 눈동자
꼬리에 꼬리를 물고 커지는 의심은
하루에도 몇 번씩 마음을 갈기갈기 흩어놓았다

누구에게나 있지
한 번쯤 마음에 품었을 선악과 같은 것
일탈을 꿈꾸는 영혼의 은밀한 휴식 같은 것
그때 이해하고 싶지 않았던 그곳은
터놓고 이야기했으면 아무것도 아니었을

그러나 함부로 쏟아버린 말은
얼마나 헛되고 헛된 것이었던가
부정의 혓바닥으로 던진 날카로운 말들
저렇게 바위를 깨고 있다

약사보살

보살이라니 무슨
샘하는 게 서툴러 샘하지 못하고 보낸
약값 대신 불러준 이름

안면 있는 사람에게
약 사 가라는 말 못 해
모르는 사람들 틈으로 옮겨 와
천연덕스럽게 약 사 약 사 가라
외치고 사는 일이 일상인

한 시인이 살고 있다
—『청미 처방전』에 대한 한 생각

강형철(시인)

시인이 많은 세상에 '한 시인이 살고 있다'는 이야기는 큰 의미가 없다. 이 말이 의미가 있기 위해서는 우리가 '시인'이라 칭하는 사람에 대한 동의할 수 있는 정의가 세워지고 그의 시가 그 정의에 합당한 성과를 보여 주어야 한다.

그렇지만 우리에게 합의된 시인상은 무엇인가라는 질문에 이르면 갑자기 난처해진다. 이럴 경우 우리가 취할 수 있는 방법은 그가 쓴 시를 직접 살펴보면서 그의 시가 어떻게 쓰이고 이루어졌는지를 살피는 우회로를 택하게 된다.

시집『청미 처방전』은 4부로 되어있다. 1부 15편은 세상 전반에 대한 시인의 전체적인 조망을 담고 있는, 우리가 일반적으로 말하는 서정시가 주된 내용이다. 2부는 약국 안에서 일어나는 일이 중점적으로 그려지고 있는데 약국에서 만나는 환자들과의 이야기나 주변의 소소한 이야기가 주된 내용이다. 3부는 인간이 살아가면서 맨 처음 만나는 가족이란 공동체의 이런저런 이야기가 그려지고 있다. 가장 기본적인 삶의 모습을 보여 준다 하겠다. 4부는 데뷔 직후 쓴 시로서 여러 방면 폭넓은 관심을 보여 주는 시들이 주를 이루고 있다.

대개 시인들의 경우 데뷔 이후 5년 안팎에 첫 시집을 내는 것이 상례인데 김청미 시인처럼 20년이 돼서야 첫 시집을 내는 경우는 흔치 않다. 그가 처음으로 시를 쓰며 문인들과 어울린 시기가 90년대 중반이란 점을 감안한다면 매우 늦은 편에 속한다. 결례를 무릅쓴다면 게으른 편이라고 할 수 있다.

그는 80년대 중반 광주에서 대학을 다녔다. 어디에서든 앞장서서 일과 공부를 하던 성격이어서 당시 약대 학생회장을 하며 민주화운동의 한 부문에서 주역으로 열심히 활동하기도 했다. 이후 전남 순천에서 약국을 열었다. 맨주먹으로 약국을 오픈하여 감초당약국 하면 인근 사람들이 다 알 정도로 유명한 약국으로 만들었다.

그러던 그가 순천의 문인들과 어울리며 직책에도 없는 총무를 맡아 모임의 어려운 살림살이를 꾸리고 그 과정에서 한국작가회의 순천지부가 창립되면서 자연스럽게 시를 발표하며 시인이 된다. 1980년대에는 청년이면 누구나 시인이였다고 할 정도로 마주하는 현실은 부조리와 모순의 집합

체였다. 학살자가 민주주의와 정의를 운운하는 세상은 그 자체가 코미디였다고 할 수 있다. 바른 마음 올바른 마음을 가진 자는 그 울화를 쓰지 않을 수 없었다.

그의 이름으로 발표한 시는 상당한 수준이었고 이후에는 명실공히 순천작가회의의 주축이 되었다. 당시 대다수 문인들의 데뷔 방식을 말하는 것은 그가 일반적인 의미의 시인들과는 조금 다른 출발 양상을 보였다는 점을 말하기 위해서지만 그의 시가 출발하는 지점을 생각하기 위해서이기도 하다. 그렇다, 그의 시는 철저하게 삶과 같이 가는 시였으며 시는 삶의 반성문이자 자경문이기도 했다. 시와 삶이 별도로 놀지 않고 같이 서로를 끌어가며 오늘에 이르고 있다.

먼저 시를 보자.

어째 그라고 내 맘을 잘 아시오

어디가 똑각 부러지거나 터지거나,

그러면 여기가 아프다 헐 건디

꼭 집어 입원할 만치 아픈 것도 아니고

그렇다고 안 아픈 것도 아니어서

참말로 뭐라고 말도 못 허고

눈치만 보고 있는디

점쟁이맹키로 내 맘을 딱 알아준께

병도 바로 나슬 거 같은디요

—「점쟁이맹키로」 전문

너무 빨라도 느려도 안 되는 빛의 방

각도에 따라 다르게 보이는 빛을 찍고 싶다면

순간보다 짧게 열고

부족하면 조리개를 열고 기다려야 한다

기다려도 빛이 모이지 않으면

플래시를 터트리고,

플래시를 터트릴 때도 서두를 필요는 없다

강물의 반짝임, 꽃들의 재잘거림, 이슬의 눈동자는

제비가 물을 차고 오르듯

순간 포착으로 볼 수 있는 빛의 요술

그러나 나를 조심하라

새털보다도 가벼이 흔들리는 마음이라면

시커먼 어둠이나 아무것도 찍히지 않는

물거품이다

— 「사진을 찍고 싶다」 전문

두 편의 시는 내용상 다른 시이다. 첫 번째 시는 환자가 약국에서 이야기하는 말을 기술한 것으로 읽히고 두 번째의 시는 사진을 찍기 위해 주의해야 할 사항을 요약한 것으로 읽힌다. 시의 화자 문제에 국한하여 볼 때는 화자가 앞의 것은 분명한데 뒤의 시 화자는 분명하게 보이지 않는다. 그런데 앞의 시를 얼핏 보면 시가 평이한 독백으로 쓰여진 것이라 여겨질 만큼 환자가 상대하는 대상은 드러나 있지 않다. 얼핏 독백처럼 여겨지나 "점쟁이맹키로"란 말을 참고

하면 발화의 상대는 병원이나 약국의 의사나 약사라는 것을 쉽게 짐작할 수 있다. 그럼 그 약사나 의사는 상대의 말을 그냥 듣고 있었던 것일까?

그렇지 않다 실제로는 의사나 약사는 이 환자의 마음을 잡기 위해 수많은 말을 했을 것이고 그러한 말의 결과가 이런 감동의 말을 하게 만든 것이다. 우리는 그 상대가 이 시의 작자인 김청미가 아닐까 생각해 볼 수 있다. 그렇다면 왜 이 환자의 상대는 이 시에서 나타나지 않을까? 그 대답으로 생각해 볼 수 있는 것이 두 번째 시다.

두 번째의 시는 김청미 시인의 창작 방법론을 시로 쓴 것이라 할 수 있다. 내용은 사진을 찍을 때 어떻게 해야 하는가를 말하고 있지만 시를 쓰는 일에도 그대로 옮겨질 수 있다. 우리가 흔히 시인은 자기가 산 만큼 쓰는 것이다라는 말에 동의한다 해도 실제 생활을 시로 쓰는 일은 별개의 문제이다. 아무리 살아가는 일에 뛰어난 사람이라 할지라도 이를 시로 옮기는 일은 상당한 수준의 훈련을 요한다.

이 시는 우선 시적 대상을 묘사하려면 깊은 인내심 즉 기다림이 필요하다는 이야기를 하고 있고 일단 그 초점을 정했으면 쓰는 사람의 관점이 흔들려서는 안 된다는 것을 말하고 있다. 그리고 이를 형상화할 때는 수많은 세부 사항과 정밀한 생각을 가지고 풍부하게 체득할 것을 요구하고 있다. 거칠게 말하면 시와 삶의 일치를 목표로 하면서 그 바탕 위에서 시를 쓸 때는 거기에 따른 수많은 고투가 필요함을 말한다고 할 수 있겠다. 그런 점을 참고한다면 이 시는 시 창작 방법론에 정통한 시인의 노련함이 시의 화자를 지우고 있다 하겠다.

아무리 훌륭한 창작 방법론을 말해도 잘 실현하는 일은 또 다른 일이다. 그렇지만 그가 이런 문제를 깊이 숙고하고 있다는 점은 매우 소중한 일이다. 앞에서 말한 바와 같이 김청미 시인은 처음부터 문학을 우선적인 일로 생각한 대다수의 문인들과는 달리 삶이 우선이었고 그 과정에서 시나 문학의 의미를 발견하면서 글을 쓴 사람이었기에 시적 형상화 과정에서 응당 치르는 깊은 고민을 겪지 않은 경우에 속한다고 볼 수 있기 때문이기도 하다. 또한 시집을 묶어내는 일에 게을렀던 이유의 하나도 자연스레 밝혀진다.

앞서 말한대로 그는 대학을 졸업하고 얼마 안 되어 약국을 열었고 나름 큰 성과를 거두었다. 우리가 쉽게 생각하자면 약국의 위치가 좋았거나 투자가 잘되어 좋은 환경을 만들었기 때문일 것으로 생각할 수 있으나 사실은 그렇지 않았다. 그야말로 생계형 약국이었고 전액 융자를 받아 개설한 약국이었다. 그런 상황에서 성공을 거둘 수 있었던 것은 약사로서의 실력도 실력이려니와 특별한 것은 환자들과의 깊은 소통이었다. 아니 환자의 편에서 이야기를 듣고 나누면서 진심으로 환자의 편에 서서 열심히 일한 결과였다.

그에게 환자는 환자가 아니라 피붙이였다. 이 시는 그런 수많은 사례에 의해 만들어진 하나의 전형이라 할 수 있다. 그러나 말은 이렇게 쉽게 할 수 있지만 현실이 그리 쉬울 것인가? 게다가 이 세상은 돈을 중심으로 이루어지는 자본주의 사회이다. 다음의 시를 보자.

조바심과 강박과 걸신거림으로
오늘 얼마나 많은 알약을 셈해야 할까
먼저 왔는데 다른 사람보다 늦게 나온다고
빨리빨리 줄 것이지 뭘 꾸물거리느냐는
짜증과 재촉, 그 습한 자리마다 무성하게 돋은
통증을 구김 없이 만져야 하는 손가락 틈으로
어제가 되어버린 많은 시간 흘려보내고
무엇으로도 채워지지 않는 잠은 문밖에 서있어
아침은 먹을 것 없고 차갑게 식은 밥상 같다

절망하지 않기 위해 희망하지 않아야 하는
시간은 무엇을 가르쳐주려고
이렇게 숨 가쁘게 다가오는 것일까

다시 알람이 울린다.

—「하루」부분

"얼래 주인 양반도 싸가지가 읍네 손님이 해주라 허면 해
주라는 대로 군말 말고 혀줘야지 지금 나를 무시허는 것이
여 내가 누군 줄 알어 기자 생활로 뼈가 굵은 사람이여 보
건소고 병원이고 잘못한 새끼들 가만 안 뒀어 니들도 한 마
디만 허면 문 닫는 거 시간문제여"

"아이쿠 죄송합니다 미리 말씀을 하셨으면 모두 해드렸
을 건데 다음부터는 원하시는 대로 다--아 시정해 드리
겠습니다"

컴퓨터에 메모한다
빵모자 김 -VIP

—「기록」 부분

「하루」는 이 시집에서 드문 유형의 시인데 약국을 경영하
는 사람의 내적 고뇌를 직접 그려내고 있다. 약국을 운영
하는 사람이 겪는 일상의 고달픔을 그린 시다. 「기록」은 약
국 등에서 흔히 볼 수 있는 이른바 진상 손님을 관리해 나가
는 일의 슬픔을 그린 시이다. 자본주의 사회에서 겪어야 하
는 일상의 고달픔은 누구나 짐작해 볼 수 있는 일이다. 일
과 삶의 단위가 극단적으로 단자화되면서 나 외의 일은 상
대적으로 좋아 보이고 편해 보이지만 어디든 다 지옥이다.
　약국을 해나가면서 매일 해나가는 일의 어려움은 아무에
게도 열어 보일 수 없는 금지된 영역이다. 이 시의 뒤쪽에
은행 대출금에 압력을 받는 이야기가 나오는데 모두가 똑같
다. 자본주의 사회에서는 모두가 돈이라는 맹수에 쫓기며
산다. 그러나 어려움은 일상적 내부의 고됨 뿐이랴. 외부의
손님들도 마찬가지다. 아파서 오는 사람이야 정성스럽게
맞이하고 그에 따라 처방하면 그만이지만 약국에 오는 사람
도 세상의 축소판이라 터무니없이 대접을 요구하고 으스대

기 좋아하는 이른바 자기현시욕이 강한 사람도 있기 마련이다. 그런 손님은 특별하게 관리할 필요가 있다. 좀 더 신경을 써서 보살펴야 한다. 이를 시로 쓰고 있다.

그럴 경우 사람은 누구나 내상이 축적되기 마련이다. 이런 일을 30년 가까이 하게 되면 어떤 현상이 생길까. 곪을대로 곪고 상처는 상처를 덧입히고 그러다 보면 몸은 소리 없는 비명을 지나 외마디 소리를 지르지 않을까?

걷어 채이고 굴리고 밟아도 터지지 않았던 주머니, 마을에 돼지 잡는 날이면 다투어 욕심내던 오줌보같이 질기디질겨진 주머니 속에는 이미 갖가지 지정된 머리말이 채워져 불뚝불뚝 튀어나오고 있다. 전화기 밖으로 튀쳐나온 파닥파닥한 말, 몽니와 트적질 번득이는 말을 밀어 넣는 손끝이 떨린다. 사랑이라 믿었던 것들이 사산된 비린내 속에서 숨이라도 쉬려고 스스로 마음을 박음질하며 날카로운 말을 넣고 재웠으리라. 꿈의 퍼즐 밤새워 맞추어보았을 손끝 방전되기 전 전지처럼 파르르 떨리다 잦아진다. 지청구 장난꾸러기 말이 뽀골뽀골 삭아지는 소리, 모서리 닳아져 곰삭는 소리, 뭉툭한 신음.

　　　　　　　　　　　　　　　　—「주머니가 된 여자」부분

20대 후반부터 50대 중반에 이르기까지 30여 년간 생애거의 대부분을 약국이라는 틀 속에서 벗어나지 않고 살아온 세월, 모든 사람에게 마음을 내어 주며 스스로를 비우고 또 비우다 보면 어느 순간 텅 빈 자아와 마주하지 않을 수 없다. 그렇다고 속마음을 후련하게 털어놓을 대상도, 털어놓을 곳도 없다. 자연스런 생애의 노화와 더불어 씁쓸한 자의식과 마주할 수밖에 없다. 그가 스스로 인정하듯 이제 아주머니가 된 것이다. "내 안의 숨은 칼로 나를 베지 않으면 멈춰지지 않는 공허한 마음"(무심은 한 세계를 닫기도 한다)을 어찌해 볼 수 없는 지경, 그래서 시인은 아주머니란 명사에서 '아'자를 떼어버리고 '주머니'가 되었다고 자조한다.

그러나 다시 가야 한다. 다시 가는 길은 어디일까? 그는 시로 말한다.

나의 길은 세상의 하류에 멈춰 서있다
오래오래 후회된 가지 않은 길
슬픔에 가려 아무것도 볼 수 없었던 길
어디로 가야 할지 몰라 멈춰 선 길
길은 눈물 속에서도 눈부시고 가슴 뛰게 하기에
가리라 푸른 고요 속 나를 세우고
마음의 소리 따라 걸음 옮기는
그곳, 길이 없어 어디든 길이 되는
한 걸음 한 걸음 꾹꾹 밟고 지나가면
새로운 길이 되리라
　　　　　　　　　―「길은 발밑부터 시작이다」부분

시는 몽골 초원의 너른 들판을 말하고 있지만 그의 마음

속에서 간절히 가고 싶은 곳은 한 번쯤 스스로를 점검하고
뭔가 새롭게 열리는 듯한 느낌을 주는 어떤 것일 수 있겠
다. 그래서 그는 말한다. "눈물 속에서도" "가슴 뛰게 하"
는, "푸른 고요 속 나를 세우고/ 마음의 소리 따라 걸음 옮
기는" 그런 길을 가겠다고. 그러나 그런 길이 어디 있을까.
우리가 한 가정을 이루고 살아간다는 일은 오히려 그런 길
을 외부에서 찾을 것이 아니라 지금 내가 발을 딛고 있는 곳
에서 찾을 수밖에 없는 것은 아닐까?

　　　게으름 피지 말고 부지런히 내쉬면 되지라
　　　그것이 뭣이 어렵다고 그라고 엄살이요

　　　워메 이 양반이 어째 말을 이라고 험하게 해부까
　　　나라고 그리 안 해봤것소
　　　그것이 암상토 안 할 때는 식은 죽 먹기보다 쉽지라
　　　가슴이 쑤시고 슴벅거림서부터 요상시럽게 안 되야
　　　시상사가 다 그렇지만서도
　　　소중헌 줄 모를 때가 질로 좋은 때여라
　　　그때 챙기고 생각허고 애껴줘야제

　　　한번 상하면 돌리기가 만만치 않는 걸
　　　넘치고 썽썽할 땐 모다 모른단 말이요

요로케 되고 본께

숨 한 번 지대로 쉬는 것이

시상에 질로 가볍고 무거운 것이여

　　　　　—「젤로 좋은 때는 ,숨」 전문

　이 시는 환자와 나눈 이야기를 시로 쓴 것이다. 평소 숨
쉬는 것 속에 숨어있는 이치를 밝히는 이야기인데 쉽고 아
무것도 아닌 것이라 생각하는 것에 진실과 진리가 숨어있다
는 것을 말하고 있다. 그 말을 길을 모색하는 시인에게 돌
려준다면 지금 하고 있는 일 속에 숨은 아름다움과 의미를
다시 생각해 보라는 충고로 되돌릴 수 있다. 그가 누구인
가. 그는 사람들 속에서 단지 약을 조제해 주는 사람이 아
니라 진정한 쉼터요, 숨을 쉴 수 있도록 만들어주는 진정
한 벗인 것이다.

　누가 내 속을 알 것이오 가난한 집안 큰 메느리로 들어와
핵교도 안 간 막내 시누이 새끼보담 더 신경 써 벤또 싸주
고 빤스까지 내 손으로 빨아줌서 손꾸락 까딱 안 허게 귀허
게만 대접혀 시집보냈드마 잊을만 허면 전화혀서 당신이 혀
준 것이 뭣이냐 삿대질허는 날이면 심장이 벌렁거림서 가심
도 답답허고 찬바람이 돔서 멀쩡하던 삭신이 주저앉을 거
맹키로 아프다께 참말로 몸뚱이도 그라지만 내 맘에 숭
숭 난 구멍은 세도 못할 것이여
　손꾸락 뽈 힘도 안 냉기고 아등바등 해봤자 밑 빠진 독

에 물 붓기여

—「마음 다공증」 전문

안달 나는 마음 살짝 숨기고 천천히 눈을 맞추리라. 어서 해달라는 재촉도 뒤로하고 두 손을 애무하듯 마주 잡은 뒤 달콤한 아이스크림 혀끝으로 녹아들 듯 부드럽게 찬찬히 구석구석 발기시키리. 당신을 내게 맡겨요. 저만 믿고 따라오세요. 비아그라 팔팔 안 먹어도 팔팔한 누드의 의욕 보여 주며

그랬군요. 너무 힘들었겠네요. 봇물처럼 터져 나오는 신음을 다독이며 함께라면 뭔들 못 하겠어요. 그럼요. 꼭 좋아질 거예요. 아침에 일어나면 날아갈 듯 가벼워진 세상을 만날 수 있어요.

가여운 눈동자가 위로를 받을 때부터 시작되는 오르가슴.

—「투약投藥」 전문

앞의 시는 뼈에 구멍이 나는 병을 골다공증이라 한다면 마음에 난 상처로 생기는 병이니 마음 다공증이라 부를 수 있을 것 같다는 생각을 시로 쓴 것이고 뒤의 시는 시인이 약사로서 '투약'하는 마음가짐을 시로 쓴 것이다. 이 두 시편에서 보듯 그는 어쩔 수 없는 탁월한 약사이다. 환자가 마음에서 겪는 한스러운 이야기를 피붙이처럼, 친구처럼 다

정하게 들어주지 않으면 나올 수 없는 이야기다. 그런 이야기를 술술 할 수 있게 만든 사람을 우리는 '훌륭한 약사'라 부르는 것이다. 그 환자에 맞는 약이야 보통은 의사에게서 처방전으로 받아 오지만 처방전에 적힌 약을 조제하여 전달할 때 가장 따뜻한 정사를 나누는 것처럼 환자에게 마음을 다할 때 없는 병도 나을 수 있지 않을까?

그에게 새로운 길은 일상을 새롭게 보고 그 속에 깃든 의미를 밝히는 일이 아닐까? 자신이 하는 일을 정말 사랑하고 그 일 속에 관계하는 모든 사람들을 동기간처럼 대하는 일이야말로 지금 이 세상에서 가장 필요한 일 아닐까?

3부의 시들은 그의 가장 가까운 사람들 아니 가족들의 이야기가 눈에 띈다. 평생을 교사로 산 아버지의 아픈 모습을 그린 「손」이라는 시나 생면부지의 이국으로 유학을 떠나 졸업하고 온 딸의 이야기를 그리고 있는 「졸업」을 보면 김청미를 둘러싼 가족 간의 아름다운 사랑의 생활사를 엿볼 수 있다. 그중 우리를 가장 깊게 미소짓게 하는 다음의 시를 보자.

대소변이 불편한 아버지
요양병원 보내달라고 고집을 부렸다
날도 더운디 느그 어무니 넘나도 고생시럽고……
말을 잇지 못하는 행간에 단호함이 묻어 나왔다

하루도 거르지 않고 바로 지은 밥 차려낸 정성으로

죽을 고비 넘긴 게 한두 번 아니었는데
"이참에 넘의 밥도 묵어봐야 소중헌 줄 알 것이여"
어머니는 혼잣말 주섬주섬 챙겨 병원으로 갔다
약한 비위 틀어막고 헛구역질 올리면서도
병간호하던 어머니
빠짝 마른 몸 이끌고 사흘 만에 돌아왔다

젊은 간병인 여자가 눈웃음치며
아버지 허벅지 더듬는 걸 보았다고 했다
그럴 때마다 밖에 나가 있으라고 눈 부라리던
아버지를 얼른 집으로 데려와야 한다고
핏대를 올렸다
굵은 눈물도 뚝뚝 떨궜다

　　　　　　　　　　　　　—「Endless Love」 전문

　아버지가 매우 위중하던 때, 아버지는 간병하는 어머니
가 가여워 요양병원으로 들어가겠다 고집을 피운다. 아버
지의 말을 수용하여 요양병원으로 옮겼다. 그러나 옮긴 지
사흘 만에 아버지를 모시고 다시 돌아온 어머니. 어머니는
아버지의 몸을 젊은 여자 간병인이 만지는 것을 보고 기겁
하여 아버지를 집으로 데려오고, 그러면서도 회한의 눈물
을 흘리는 어머니를 보며 시인은 거기에 '끝없는 사랑'이란
제목을 붙였다.
　그런가 하면 어머니가 가장 바라던 생물학 박사를 받고

서도 이른바 학교에 남지 못하고 새우란을 키우며 살고 있
는 오빠를 보는 시도 아름답다. 오빠가 자신의 불우함보다
자신이 가꾸어 피는 새우란을 보며 "여기 봐라 요 꽃이 얼
마나 이쁘냐/ 이 꽃이면 괜찮다 이거면 충분하다"라며 감탄
하는 모습을 보며 오빠의 진정한 아름다움을 형상화하고 있
는 「새우란」도 그런 사랑의 한 예다. 그러고 보면 김청미의
첫 시집은 온통 사랑이 넘쳐 나는 풍경으로 가득 차 있다.

    이즈음에서 우리는 앞에서 유보해 둔 말을 다시 생각해
볼 수 있을 것 같다. 이 글의 제목을 우리는 '한 시인이 살고
있다'라고 하였다. 그렇다면 이 시집은 앞서 살펴본 바처럼
가정적으로도 사랑이 넘치고 일하면서도 주변 사람들을 사
랑하는 이야기들로 시를 빼곡히 채우고 있으니 시인이라 부
를 수 있다는 말을 한 것인가? 말하고 있는 것이 사랑이니
그가 살고 있는 곳이 온통 사랑뿐이라는 것인가? 설령 그렇
다 해서 곧바로 그를 우리가 사랑하는 시인이라 부를 수 있
는 것은 아닐 것이다. 그렇다면 김청미 시가 말하고 있는 사
랑은 무엇일까? 그를 시인이라 부를 수 있는 근원적인 시 정
신이라 할 것을 찾아내지 못한다면 우리는 아무런 말을 하
지 않은 것이 되고 만다. 이제 그 부분을 살펴보기로 하자.
    최근 50주기를 맞았던 김수영은 시인들에게는 여러 가지
로 좋은 모범이었지만 생활에서 시가 어떻게 이루어지는지
탁월한 모범을 보인 시인이라 할 수 있다. 그는 「새로움의
모색」이란 글에서 생활에서의 산문성을 벗어날 수 있는 요

소로 피터 비어렉과 쉬페르비엘의 시에 깃들여 있는 연극성을 들어 설명하고 있다. 자신이 연극을 하다가 시로 전향한 일을 거론하면서 연극성에는 일단 재미가 있다고 한다. 김수영은 이를 '요염한 연극성'이란 말로 요약하기도 하는데 이 연극성과 더불어 '스토리'란 독자나 관중을 쓰다듬고 달래주는 것이고 '스토리' 자체가 벌써 하나의 풍자란 말로 비약시킨다.

김수영은 또 생활에서 시로의 전환에는 새로움이 필수적이고 새로움은 곧 긴장감이라고 말하고 있다. 그는 시의 어디엔가 힘이 맺혀 있어야 하며 그 힘은 초행에 있을 수도 있고 종행에 있을 수도 있으며 중간에 어느 행에도 있을 수 있고 행간에 있을 수도 있으며 이것이 시에서 긴장을 조성한다고 말한다.(「생활 현실과 시」)

이상의 이야기를, 생활 현실을 시로 쓸 때 지켜야할 중요한 규준으로 받아들인다면 우리는 좋은 시의 기준 하나를 얻은 것이고 그것은 다음과 같이 요약할 수 있을 것이다. '시에 스토리와 연극성이 있고 거기에 풍자와 긴장이 깃들여져 있으며 그 긴장은 시행의 어딘가에 힘차게 맺혀 있어야 한다'고. 80년대 '이야기 시'가 많이 쓰여지고 논의되었는데 상당히 많은 이야기 시가 범상한 일의 나열에 지나지 않을 때가 너무나 많았다.

이 점을 상기하면 소중한 기준이라 할 수 있다. 김청미 시인의 다음 시를 보자.

글쎄 안 받았어

안 받았으니 안 받았다 허지 메갑시 그러겄어

어머니 텔레비전에 돈 받은 거 보여드렸잖아요

그러거는 모르니께 입 아프게 말허지 말고

아까 오 만원짜리 내고 바로 장에 가서 보니께

지갑에 돈이 없드란 말여

돈에 발이 달렸겄어 손이 달렸어

젊은 사람이 사람 말을 안 믿고 자꾸 그려

그동안 이 약국을 얼마나 많이 갈아줬는디

사람을 뭘로 보고…… 늙었다고 핫바지가 아녀

CCTV 보고도 안 받았다 허면 내가 어찌야쓰까

아까 본께 주머니에 돈 넣는 거 같던데

주머니랑 가방 다 찾아보셨어?

지갑 놔두고 뭐덜라고 주머니에 넣겄어

마지못해 뒤져보는 주머니

거기 꼬깃꼬깃 접혀 있는

요것이 어째 여기 들었다 참말 요상시럽네

에고 늙으면 죽어야 써 언능 죽어야 써

귀신은 뭣 허니라 나 같은 사람 안 잡아가서

촌무지랭이처럼 우세시럽게 이런댜

—「아름다운 원망」 전문

이 시는 약국에서 벌어진 일을 시로 재현한 것이다. 약을 사고 5만원을 내고 거스름돈을 안 받았다고 말하는 손님과 한바탕 일이 벌어졌다. 약사는 이 손님을 설득하기 위해 설치된 CCTV를 보여 주며 여러 가지를 설명해 주어도 막무가내이다. 그러자 약사는 화면에서 돈을 받아 주머니에 넣은 것을 생각해 내고 주머니를 확인해 보라는 말을 한다. 돈은 지갑에 넣지 왜 주머니에 넣느냐고 말하던 손님은 마지못해 주머니를 확인하다가 마침내 거스름돈을 찾아낸다.

흔히 볼 수 있는 풍경인데 시인은 이것을 하나의 드라마처럼 제시하고 있다. 김수영식으로 설명하자면 연극으로 재현해서 이 일의 자초지종을 보여 주고 있다. 이 시를 보며 우리는 앞서 말한 바의 연극성과 풍자성을 떠올릴 수 있지 않을까? 한바탕 웃으면서 이 시를 보며 우리는 한 아주머니의 순박한 삶을 보기도 하고 약사의 차분한 대응을 보며 좋은 약사를 떠올릴 수 있는 것은 아닐까? 거기에 더하여 생활 속에 자동화되어 있는 우리네 삶의 불모성을 말할 수도 있는 것 아닌가? 이 한 편의 시만으로도 우리는 김청미의 시가, 좋은 시로 규정할 수 있는 기준을 정확히 실현하고 있으며 상당한 성과를 거두었다고 말할 수 있을 것으로 본다. 시를 조금 더 보자.

그물망처럼 엉켜있는 전선은 집의 혈관

전기가 나가자 피가 돌지 않는 집은

한 발짝도 나설 수 없는 감옥

전기에 사육되는 줄도 모르는

겉똑똑이 짐승은 뇌사 중

—「정전」 부분

아파트 빌딩 숲

감전感電의 칼날 감추고

반짝거리는 네온 간판

날벌레들이 부딪히는 아수라다.

—「네온사인 아래서」 부분

활처럼 당겨진 너의 공격은 꿈의 질량만큼 빠르다. 무게
없는 바람과 햇살을 밟던 발톱으로 먹이를 낚아채며 당당
하게 길을 찾아 가는 너는 전사. 너의 발톱은 비로소 잃었
던 야생의 날카로움에 번득인다.

—「도둑고양이」 부분

　이상의 시구들은 시집 이곳저곳에서 뽑아본 것이다. 이
런 부분을 보면 그의 시가 연극성만을 보여 주는 것이 아니
고 날카로운 직관의 힘을 보여 주고 있다는 것을 알 수 있
다. 「정전」에서는 전자의 힘으로 사육되는 인간을 말하고 그
전기의 힘으로 어떤 때는 날파리를 몰살시키는 인간의 잔

혹함을 말하는가 하면 길고양이를 보면서 길고양이의 야생성을 생생하게 보여 주고 있다. 이를 우리는 현실 세계 전체에 대한 예리한 시인 의식을 보여 주고 있고 인간은 물론 생태계 전반에 걸친 폭넓은 관심과 사랑의 징표라고 볼 수 있다. 그의 시가 일상생활의 '본원적 하부구조'에 대한 깊은 관심을 날카로운 직관의 힘으로 파악하면서 세상 전체에 자기 인식을 확산하고 있는 예라고 말할 수 있다.

　이제 우리는 이상의 시편들을 보면서 그가 오랜만에 시집을 내는 합당한 이유를 충분히 보았다고 말할 수 있다. 이런 사람을 일러 시인이라 부르는 것은 전혀 이상한 일이 아니다. 이제 우리는 이 글의 처음에 '한 시인이 살고 있다'라고 말한 것에 그 정당성을 얻은 것 아닌가!

　마지막으로 필자는 이 시인에게 두 가지 당부를 하면서 이 글을 맺고 싶다. 우선 첫째로 이제 시를 쓰는 일에 부지런할 것 그리고 이제 시를 좀 더 치열하게 써달라는 것이다. 그러나 이에 대한 답 대신 시인은 알고 있다는 듯 시로 이미 아름답게 답하고 있다.

　달빛 번지는 갈대밭에 아직 집을 찾아들지 못한 발걸음이 걸려 있지만, 이제 곧 봄이 오겠지요. 묵은 흔적 지우고 다시 태어나는 포구에는 눈바람에도 아랑곳없이 새순을 올리기 위한 다비식 한창입니다. 서로가 서로의 뿌리 안으면서, 얽히면서 흔들리지 않던 갈대숲 무너져 허물만 남겠지만, 그 품속의 뭇 생명들 소리는 절망마저도 환하게 빛나게 합니다.

―「대대포구 3」전문

달빛 아래 돌아갈 집을 찾지 못한 뭇 갈대들과 발걸음들을 그 뿌리째 안으면서 서로 얽혀 들면서 마침내 뭇 생명들의 소리들을 모아 노래함으로써, '절망마저도 환하게 빛나게' 함으로써 김청미의 시는 한 세상의 좋은 시인으로 빛날 것임을 예시하고 있다. 그동안 사는 일과 시 쓰는 것 사이에서 삶의 일에 치중했다면 이제는 시 쓰는 일에 방점을 찍고 치열하게 살아갈 것을 스스로 다짐하고 있다. 모쪼록 그의 시인으로서의 행보가 두루 빛나면서 환하기를!